Analyse d'œuvre

Rédigée par Marie Marin

La Fortune des Rougon

d'Émile Zola

ÉMILE ZOLA

- Né en 1840 à Paris.
- Mort en 1902 dans la même ville.
- **Quelques-unes de ses œuvres :**
  - *Thérèse Raquin* (roman, 1867)
  - *L'Assommoir* (roman, 1877)
  - *Germinal* (roman, 1885)

Auteur phare du XIXe siècle, Émile Zola s'impose comme le chef de file d'un nouveau courant littéraire, le naturalisme. Celui-ci cherche à décrire la réalité grâce à un minutieux travail de documentation et d'enquête, et fait de la littérature un mode d'expérimentation du monde réel. C'est en suivant ces règles qu'il rédige son imposant cycle romanesque, les *Rougon-Macquart*, une fresque de la vie d'une famille française sous le Second Empire comprenant 20 romans.

En 1878, grâce au succès de *L'Assommoir*, le septième volume de son cycle, Zola s'achète une maison à Médan. C'est dans ce lieu que se réuniront quelques-uns des principaux auteurs naturalistes tels qu'Alphonse Daudet (1840-1897), Joris-Karl Huysmans (1848-1907), Octave Mirbeau (1848-1917) ou encore Guy de Maupassant (1850-1893).

L'œuvre a rapidement suscité la polémique. Beaucoup ont en effet dénoncé la tendance qu'a l'auteur de se fourvoyer dans l'ordure et la vulgarité. Mais, à côté de cela, ce sont également ses idées qui dérangent, comme en témoigne le scandale né de son engagement dans l'affaire Dreyfus. Son article « J'accuse », paru dans le journal *L'Aurore* en 1898, lui attire les foudres des antidreyfusards et le condamne à la prison. Son combat ne sera toutefois pas vain et jouera même un rôle considérable dans la réhabilitation du capitaine Dreyfus (1859-1935) accusé injustement d'avoir livré des documents confidentiels à l'Allemagne. Un combat qui, selon certains, aurait coûté la vie à Zola.

LA FORTUNE DES ROUGON

- **Genre :** roman naturaliste.
- **1ʳᵉ édition :** publié d'abord sous forme de feuilleton dans *Le Siècle* en 1870, puis en volume en 1871.
- **Édition de référence :** *La Fortune des Rougon*, Paris, Gallimard, coll. « Folio classique », 1981.
- **Personnages principaux :**
  - Adélaïde Fouque, dite tante Dide, aïeule de la famille
  - Pierre Rougon, fils légitime de Rougon et d'Adélaïde Fouque
  - Antoine Macquart, fils illégitime de Macquart et d'Adélaïde Fouque
  - Ursule Macquart, fille illégitime de Macquart et d'Adélaïde Fouque
  - Eugène Rougon, fils de Pierre Rougon et de Félicité Puech
  - Aristide Rougon, fils de Pierre Rougon et de Félicité Puech
  - Pascal Rougon, fils de Pierre Rougon et de Félicité Puech
  - Silvère Mouret, fils d'Ursule Macquart et de Mouret
  - Miette, orpheline de mère au berceau et fille de Chantegreil, un braconnier envoyé au bagne
- **Thématiques principales :** l'hérédité, la politique, l'insurrection républicaine, le coup d'État du 2 décembre 1851, l'opportunisme, la politique, la conquête du pouvoir, l'argent, la passion amoureuse.

Admiratif de *La Comédie humaine* de Balzac (1799-1850), Zola trouve dans ce grand projet l'idée de réaliser à son tour une fresque littéraire. Dans son cycle intitulé les *Rougon-Macquart*, dont le premier tome, *La Fortune des Rougon*, paraît en 1871, il souhaite dresser le portrait d'une famille qu'il divise en deux branches, une légitime (les Rougon) et une bâtarde (les Macquart). Son objectif est simple : étudier l'influence de l'hérédité et des milieux sur les individus à la manière d'une étude anthropologique.

L'action de *La Fortune des Rougon* se déroule en 1851, après le coup d'État du 2 décembre. Zola y mêle deux intrigues : l'une est politique et collective, l'autre est sentimentale et individuelle. Toutes deux sont liées puisque Silvère et Miette, autour desquels se développe l'intrigue amoureuse, rejoindront la colonne des insurgés républicains. Véritable roman des origines, Zola y présente la genèse d'une famille dont il développera les intrigues dans les romans suivants.

LA VIE D'ÉMILE ZOLA

| Photo d'Émile Zola prise par Nadar.

UNE ENFANCE ENTRE PARIS ET AIX-EN-PROVENCE

Émile Zola est né le 2 avril 1840 à Paris, d'une mère originaire de Beauce et d'un père vénitien ingénieur. Trois ans après sa naissance, la famille déménage à Aix-en-Provence où son père dirige les travaux nécessaires à la création d'un canal d'irrigation. À la mort de ce dernier en 1847, la famille se retrouve dans une situation financière difficile dont la mère de Zola peinera à sortir. En 1852, le jeune Émile entre comme boursier au collège Bourbon (devenu aujourd'hui le lycée Mignet), où il côtoie les fils de la bourgeoisie et fait l'expérience des inégalités sociales.

En 1857, sa mère déménage à Paris, où elle engage divers procès contre la Société du canal pour la reconnaissance des travaux réalisés par son mari et la défense sa mémoire. Émile Zola la rejoint peu après et entre au lycée Saint-Louis. Malheureusement, leur situation financière ne s'arrange guère dans la capitale, où comme le dit le personnage de Saccard dans *La Curée*, « être pauvre à Paris, c'est être pauvre deux fois ».

LES PREMIERS MÉTIERS

En 1859, Émile Zola échoue au baccalauréat, à la suite de quoi il mène une vie de bohème avant de se mettre en quête d'un travail pour subvenir à ses besoins. Il entre alors chez Hachette en 1862 où il devient rapidement chef de la publicité. Grâce à cette expérience, il découvre le monde de la presse et de l'édition et rencontre quelques auteurs, parmi lesquels Hippolyte Taine (1828-1893), Émile Littré (1801-1881) et Charles Sainte-Beuve (1804-1869).

Journaliste à partir de 1866 pour *L'Événement*, il écrit aussi bien des critiques littéraires et artistiques, que des articles d'opinion. Le monde de la presse lui permet d'enrichir son inspiration, en s'abreuvant de faits divers. C'est à la même époque qu'il se lie avec les peintres impressionnistes dont il prendra la défense dans des articles réunis dans un recueil intitulé *Mon salon* en 1866. Il se mêle aussi de politique et participe à des journaux d'opposition républicaine, sa cible favorite étant Napoléon III (1808-1873). Il profite de ses chroniques et articles pour dénoncer la misère et les différences qui existent entre les classes. En 1871, il est engagé par le journal *La Cloche* à Bordeaux pour rédiger les comptes rendus des séances de l'Assemblée.

LE NATURALISME : DE LA THÉORIE AUX ROMANS

Il publie son premier roman, *La Confession de Claude*, en 1865, mais c'est avec *Thérèse Raquin*, en 1867, qu'il connaît le succès. À cette même période, il se lie d'amitié avec d'autres écrivains parmi lesquels

Flaubert (1821-1880), Daudet, Mallarmé (1842-1898) ou encore les frères Goncourt (Edmond, 1822-1896 ; Jules, 1830-1870). Il multiplie les articles visant à définir sa conception de la littérature, que l'on appellera bientôt le naturalisme et qu'il théorisera dans deux essais, *Le Roman expérimental* (1880) et *Les Romanciers naturalistes* (1881).

Zola utilise pour la première fois le terme « naturaliste » dans un article paru dans *L'Événement* le 25 juillet 1866, et en fournit une première définition. Il s'agit pour lui d'« introduire dans l'étude des faits moraux l'observation pure, l'analyse exacte employée dans celle des faits physiques ». Le mot était d'usage depuis le XVIIe siècle et possédait alors trois acceptions. La première visait à définir les savants qui s'occupaient d'histoire naturelle. La seconde était davantage liée à la philosophie et s'appliquait à « ceux qui expliqu[aient] les phénomènes par les lois du mécanisme sans recourir à des causes surnaturelles » (FURETIÈRE (Antoine), *Dictionnaire universel, contenant généralement tous les mots françois tant vieux que modernes, et les termes de toutes les sciences et des arts*, 1727). Enfin, le terme était également utilisé en art, plus particulièrement dans les beaux-arts, où l'artiste naturaliste est celui qui recherche l'imitation de la nature. Zola emprunte donc ce terme pour l'appliquer à la littérature. Il expose le programme de cette nouvelle école littéraire dans *Le Roman expérimental* :

> « Posséder le mécanisme des phénomènes chez l'homme, montrer les rouages des manifestations intellectuelles et sensuelles telles que la physiologie nous les expliquera, sous les influences de l'hérédité et des circonstances ambiantes, puis montrer l'homme vivant dans le milieu social qu'il a produit lui-même, qu'il modifie tous les jours, et au sein duquel il éprouve à son tour une transformation continue. » (*Le Roman expérimental*, Saint-Julien-en-Genevois, Arvensa Éditions, p. 21)

À travers ce témoignage, on perçoit clairement que Zola a une conception de l'homme mécanique, voire physiologique. Il conçoit que le psychologique est soumis au physiologique. Pour appuyer ses réflexions, il se documente sur les travaux en cours, en particulier ceux de Prosper Lucas (médecin aliéniste français, 1808-1885), de Georges Pouchet (naturaliste et anatomiste français, 1833-1894) et d'August Weissmann (biologiste et médecin allemand, 1834-1914). Pour Zola, l'écrivain naturaliste ne doit pas se limiter à la mimêsis (la reproduction du réel), mais bien expérimenter, faire appel, comme les scientifiques, à l'intuition et à l'hypothèse. L'écrivain devient donc « un greffier qui se défend de juger et de conclure [...]. Il disparaît [...], il garde pour lui son émotion, il expose simplement ce qu'il a vu » (cité dans BECKER (Colette), *Zola : le saut dans les étoiles*, Paris, Presses de la Sorbonne nouvelle, 2002, p. 263). À la manière du savant ou du biologiste, l'écrivain est un expérimentateur :

> « La formule naturaliste en littérature [...] est identique à la formule naturaliste dans les sciences, et particulièrement en physiologie. [...]. Le romancier qui étudie les mœurs complète le physiologiste qui étudie les organes. » (*ibid.*, p. 94)

LES *ROUGON-MACQUART*

L'année qui suit la parution de *Thérèse Raquin*, il a l'idée de composer une fresque qui l'occupera pendant plus de vingt-cinq ans, les *Rougon-Macquart*. S'il a lu et apprécié *La Comédie humaine* (1842-1848) de Balzac et s'il s'appuie sur cette œuvre pour réaliser son projet, il affirme toutefois qu'elle « sera moins sociale que scientifique » (ZOLA (Émile), « Différences entre Balzac et moi », in *Les Rougon-Macquart*, tome V, Paris, La Pléiade, 1960).

Pour réaliser ce qui deviendra son chef-d'œuvre, il s'inspire également de la théorie de l'hérédité, qu'il a découverte dans sa lecture du Dr Prosper Lucas. Celle-ci met en avant l'idée que l'on est ce que nos ascendants nous ont légué. C'est ce déterminisme biologique que

Zola souhaite étudier à travers ses romans, et plus particulièrement l'influence des milieux, des alliances, qui vont, en introduisant de l'aléatoire, modifier l'hérédité.

Avec ce cycle, Zola offre également un témoignage très précis de la société de la seconde moitié du XIXe siècle, une précision rendue possible grâce à son souci quasi obsessionnel du détail et aux enquêtes qu'il a menées sur les sujets qu'il aborde.

L'AFFAIRE DREYFUS

Alors qu'il termine sa nouvelle série littéraire intitulée *Les Trois Villes*, en 1898, il prend le parti du capitaine Dreyfus en publiant dans le journal *L'Aurore*, l'article resté célèbre, « J'accuse ».

LE SAVIEZ-VOUS ?

L'affaire Dreyfus débute le 27 septembre 1894 lorsque la Section de statistiques découvre dans la corbeille d'un militaire allemand un bordereau anonyme qui annonce l'envoi de documents confidentiels sur la défense nationale. Le capitaine Dreyfus est aussitôt accusé d'avoir voulu livrer ces documents à l'Allemagne. Alors qu'il clame son innocence, il est reconnu coupable de haute trahison le 22 décembre. L'affaire divise la France : les antidreyfusards font valoir l'honneur de l'armée et l'intérêt supérieur de la patrie, tandis que les dreyfusards, qui souhaitent la révision du procès, dénoncent l'antisémitisme et mettent en avant la défense des droits de l'homme.

Dans son article, Zola dénonce en outre les campagnes de presse contre la République. Cela lui vaudra une condamnation à une lourde amende et à un an de prison. Il s'exile alors en Angleterre. De retour à Paris, il meurt asphyxié le 29 septembre 1902, sans avoir vu triompher la vérité et la réhabilitation du capitaine Dreyfus. Les circonstances de sa mort restent mystérieuses, et certains s'interrogent sur son caractère accidentel, avançant la thèse d'un assassinat commandité par des antidreyfusards.

| Anatole France aux obsèques de Zola.

C'est Anatole France (1844-1924), son ami de toujours, qui fait son éloge funèbre au cours duquel il revient sur le talent, l'œuvre, mais aussi les combats de Zola :

« Dans ses romans, qui sont des études sociales, il poursuivit d'une haine vigoureuse une société oisive, frivole, une aristocratie basse et nuisible, il combattit le mal du temps : la puissance de l'argent. Démocrate, il ne flatta jamais le peuple et il s'efforça de lui montrer les servitudes de l'ignorance, les dangers de l'alcool qui le livre imbécile et sans défense à toutes les oppressions, à toutes les misères, à toutes les hontes. Il combattit le mal social partout où il le rencontra. [...].

Envions-le : il a honoré sa patrie et le monde par une œuvre immense et par un grand acte. Envions-le, sa destinée et son cœur lui firent le sort le plus grand : il fut un moment de la conscience humaine. » (FRANCE (Anatole), « Éloge funèbre d'Émile Zola »)

En 1908, ses cendres sont transférées au Panthéon, preuve s'il en faut de la grandeur de l'écrivain.

RÉSUMÉ DE *LA FORTUNE DES ROUGON*

CHAPITRE 1

En décembre 1851, à Plassans, une petite ville du Midi, Silvère et Miette, un jeune couple, se retrouvent régulièrement à l'aire Saint-Mittre, l'ancien cimetière de la ville. Silvère, un jeune adolescent idéaliste et républicain convaincu, s'apprête à rejoindre la colonne des insurgés qui protestent contre le coup d'État mené par Louis-Napoléon Bonaparte (1808-1873). Il profite de ces derniers instants avant son départ avec son amie Miette. Alors que les insurgés entrent dans Plassans, la jeune fille décide de l'accompagner, s'empare du drapeau et se place en tête du cortège.

CHAPITRE 2

Plassans se répartit en trois quartiers qui correspondent chacun à une classe sociale : on y trouve une aristocratie majoritairement cléricale, une bourgeoisie constituée de ceux qui ont fait fortune et de ceux qui exercent une profession libérale, et enfin les ouvriers et les commerçants, le peuple actif et misérable.

Pierre Rougon appartient à la catégorie des petits-bourgeois. Sa mère, Adélaïde Fouque, dite tante Dide, que l'on croit folle comme son propre père l'était, a épousé Rougon, un paysan saisonnier chez les Fouque. De cette union est né Pierre. Trois mois plus tard, Rougon meurt. La jeune veuve prend alors pour amant Macquart, un contrebandier, ivrogne et violent. Elle a avec lui deux enfants, un garçon Antoine et une fille Ursule, dont elle ne s'occupe guère.

Pierre Rougon, convaincu de sa supériorité du fait de la légitimité de sa naissance, spolie son frère, sa sœur et sa mère, poussé par ses ambitions dévorantes et par l'appât du gain.

Il se libère de ses liens familiaux en laissant sa sœur épouser un chapelier du nom de Mouret, en refusant de racheter la place d'Antoine tiré au sort pour effectuer son service militaire malgré ce qu'il lui a fait croire, et en plaçant sa mère dans la masure de Macquart, s'appropriant ainsi l'enclos des Fouque et la richesse familiale. Il épouse Félicité Puech, fille de commerçants, aussi ambitieuse que lui, avec laquelle il a trois fils, Eugène, avocat à Paris, Aristide, journaliste, et Pascal, médecin.

CHAPITRE 3

Le marquis de Carnavant, ami de Félicité Rougon ou, selon certains, son véritable père, réunit dans le salon jaune des Rougon un groupe de conservateurs aux idées royalistes et opposés à la République. L'influence du salon est croissante, et Pierre Rougon devient bientôt la figure la plus importante de l'opposition conservatrice.

Eugène, installé à Paris, se rend à Plassans en avril 1849, sans doute pour observer la ville et voir s'il lui serait possible de briguer un mandat de représentant au sein de l'Assemblée législative. Durant son séjour, il assiste aux réunions du salon jaune. Avant de rentrer à Paris, Eugène demande à son père de suivre les instructions qu'il lui donnera car elles les mèneront tous deux à la fortune. Eugène a en effet réussi à intégrer les milieux politiques et est devenu un agent secret au service de l'Empire. Il encourage son père à se ranger du côté des bonapartistes et lui promet une place de receveur particulier (personne chargée de recevoir les deniers publics) en cas de succès. Refusant de dire à sa mère ce qu'il complote avec son père, Eugène lui promet qu'elle sera celle qui conduira l'affaire au moment venu.

Parallèlement à cela, son frère Aristide, enthousiasmé par le gouvernement nouveau, fonde avec un libraire un journal démocratique, *L'Indépendant*, dans lequel il publie des articles virulents contre les réactionnaires.

Suivant les instructions de son fils, Rougon témoigne au sein du salon jaune d'une admiration pour Louis-Napoléon. Le marquis de Carnavant confirme à Félicité que le vent tourne en faveur du bonapartisme et l'incite à se rallier à cette cause. Félicité, en lisant les lettres envoyées par Eugène à son père durant son absence, comprend le marché conclu entre les deux hommes. Eugène y évoque en effet l'éclosion prochaine de l'Empire et dicte à son père la conduite à tenir pour profiter de la victoire à venir des bonapartistes. À l'annonce du coup d'État du 2 décembre, le salon se convertit donc. Aristide en fait de même, après avoir compris ce que sa famille complotait. Mais la nouvelle de l'arrivée d'une colonne d'insurgés républicains à Plassans plonge le salon jaune dans l'angoisse.

CHAPITRE 4

Soldat sous le Premier Empire, Antoine Macquart s'est enlisé dans l'ivrognerie. Averti des manigances de son frère Pierre pour s'emparer de la fortune familiale, il nourrit contre lui une rancœur féroce. Se rendant compte que, seul et sans ressources, il est incapable de se venger, il cherche quelqu'un à rallier à sa cause. Pour calmer ses provocations, Pierre et Félicité lui donnent 200 francs.

Mais cette somme finit par s'épuiser, et Antoine est contraint de s'établir comme vannier. Il épouse Joséphine Gavaudan, dite Fine, une femme au physique robuste mais à la douceur d'âme, très travailleuse mais avec un sérieux penchant pour l'anisette, qui passera sa vie à entretenir son mari. Malgré les disputes fréquentes, le couple a trois enfants : Lisa, Gervaise et Jean.

En raison de la haine qu'il porte à son frère et à la femme de celui-ci, Antoine devient un fervent républicain. Il croit trouver un allié en la personne de Silvère, son neveu idéaliste, orphelin dès l'âge de 6 ans et confié à tante Dide. Touché par la lecture de Rousseau, Silvère est en effet devenu républicain. Antoine compte sur leur appartenance à la même famille politique pour le mettre de son côté ; en vain.

Le jour du coup d'État, Antoine se rend chez son frère pour le faire arrêter, mais Pierre est parti. Pendant ce temps, les révolutionnaires, entrés dans Plassans, s'emparent de la gendarmerie. Alors qu'il voulait désarmer le gendarme Rengade, Silvère lui crève un œil. Pensant l'avoir tué, il se précipite chez sa grand-mère, pour ensuite repartir dans les rangs républicains.

Avant de quitter la ville, ceux-ci emprisonnent plusieurs fonctionnaires, parmi lesquels se trouvent des habitués du salon jaune, M. Garçonnet, le commandant Sicardot et M. Peirotte. Antoine propose aux rebelles d'occuper la mairie avec 20 hommes.

CHAPITRE 5

Les insurgés se dirigent vers Orchères. Silvère, remarquant l'épuisement de Miette, lui propose de quitter la colonne insurrectionnelle pour se poser un instant. Ils passent la nuit ensemble et échangent une longue étreinte. Leur idylle innocente prend un nouveau tournant.

Miette était âgée d'à peine 9 ans lorsque son père, Chantegreil, a été envoyé au bagne pour avoir tué un gendarme. Élevée par sa tante, elle a subi les persécutions de son cousin Justin et de son oncle Rébufat. Elle rencontre Silvère, de quatre ans son aîné, alors qu'elle a 11 ans, autour du puits de l'enclos des Fouque. Si les deux jeunes enfants ont tôt fait de s'y rendre presque quotidiennement durant des mois, cela ne leur suffit bientôt plus. Ils finissent par trouver une clé ouvrant la porte qui sépare leurs deux logis et qui avait vu débuter les amours de tante Dide et de Macquart. Mais la grand-mère s'en aperçoit très rapidement et confisque la clé, contraignant les deux amants à se retrouver dans l'ancien cimetière du village.

À son réveil, Miette reprend la route avec Silvère, et les deux jeunes gens retrouvent les rebelles à Orchères, où tous sont accueillis comme des libérateurs. La liesse est toutefois de courte durée, et bientôt ils sont attaqués par des soldats bonapartistes. Miette est tuée dans les affrontements.

CHAPITRE 6

Pierre Rougon, qui s'était caché chez sa mère, est bien décidé à reprendre la mairie à Macquart. Aidé de 40 hommes, il part chercher les armes cachées dans un hangar et attaque la mairie qu'il parvient à reprendre. Rougon apparaît alors comme un héros. Il occupe la place du maire en attendant le retour des prisonniers, M. Garçonnet, le commandant Sicardot et M. Peirotte, ainsi que les autres fonctionnaires. Peu de temps après, des rumeurs de représailles parviennent jusqu'à lui, et Rougon fait fermer les portes de la ville.

L'attente des soldats censés libérer la ville et la peur de voir débarquer les insurgés ont pour effet de retourner la ville contre Rougon. Le bruit court que la lutte à la mairie n'avait rien de glorieux. Félicité décide alors de prendre les choses en main. Elle propose à Antoine de le libérer à condition qu'il accepte de reprendre la mairie en échange de 1 000 francs. C'est un véritable guet-apens qu'elle met en place : Rougon, au courant de l'attaque à venir, sera prêt à recevoir les hommes d'Antoine et à se montrer une nouvelle fois victorieux. Antoine comprend le plan de sa belle-sœur qui lui assure cependant qu'il ne court aucun risque et qu'il sera remercié une fois l'attaque terminée. Il accepte et trouve une cinquantaine d'hommes pour assaillir la mairie. Dans la fusillade, quatre hommes de Macquart sont tués, leurs cadavres sont laissés là dans le but de témoigner du prétendu héroïsme de Rougon.

CHAPITRE 7

Le surlendemain du guet-apens, Pierre retrouve Antoine chez sa mère pour lui remettre l'argent promis. Lorsqu'il arrive, Pascal est au chevet de tante Dide, en proie à une violente crise de folie. Parlant dans son délire, elle semble avoir vu quelque chose. Horrifiée par l'argent échangé entre les deux frères, elle s'écrie : « Le prix du sang ! » (p. 364)

Après avoir recommandé à Antoine de quitter la ville, Rougon rentre chez lui où une fête est donnée en son honneur pour célébrer sa décoration prochaine : on apprend qu'il va recevoir la Légion d'honneur. Aristide, venu fêter la victoire des Rougon, informe Félicité de la mort de Silvère. En effet, le gendarme Rengade, qui n'a cessé de chercher Silvère pour se venger des blessures que celui-ci lui a infligées, a fini par le retrouver parmi les insurgés arrêtés à Saint-Roure et ramenés à Plassans. Il l'a conduit à proximité d'une tombe et l'a tué d'une balle dans la tête, sous les yeux de tante Dide.

MISE EN CONTEXTE

UNE HISTOIRE DU SECOND EMPIRE

Zola intitule son cycle romanesque *Rougon-Macquart. Histoire naturelle et sociale d'une famille sous le Second Empire*, faisant ainsi apparaître son thème principal. Grâce au travail minutieux qui a précédé l'écriture de chacun des romans qui le composent, l'auteur nous offre un témoignage documenté et précis de cette époque bouleversée tant sur le plan politique qu'individuel.

Élu président de la République en décembre 1848, Louis-Napoléon Bonaparte souhaite briguer un second mandat, mais la Constitution de la IIe République ne le lui permet pas. L'Assemblée législative refusant de répondre à ses demandes de révision, il envisage de mener un coup d'État. Durant la nuit du 1er au 2 décembre 1851, il fait arrêter les chefs de l'opposition, fait occuper certains bâtiments et fait placarder sur les murs deux avis, l'un destiné au peuple, l'autre à l'armée. Parallèlement à cela, un décret visant à dissoudre l'Assemblée et à rétablir le suffrage universel est publié. Ceux qui s'opposent au coup d'État sont arrêtés et des combats ont lieu à plusieurs endroits de la capitale, mais aussi dans les régions.

Alphonse Baudin [député de l'Assemblée, 1811-1851] *sur la barricade du faubourg Saint-Antoine*, le 3 décembre 1851, tableau d'Ernest Pichio. L'homme mourra sous les coups de la répression.

Le 21 décembre a lieu un plébiscite au cours duquel on demande aux Français s'ils acceptent le maintien de l'autorité de Louis-Napoléon Bonaparte et s'ils l'autorisent à établir une nouvelle Constitution. Avec une majorité de 90 %, les Français valident le coup d'État et accordent les pleins pouvoirs à Napoléon III. Le 2 décembre 1852, celui-ci consacre la fin de la IIe République, et la nouvelle Constitution est promulguée le 14 janvier 1852.

Proclamation du Second Empire dans la cour des Tuileries par le ministre de la Guerre.

Critiqué pour certains choix en matière de politique extérieure, Napoléon III permet toutefois de grandes réalisations : il révolutionne les transports en créant des compagnies de chemins de fer et en faisant allonger des voies ferrées déjà existantes ; il commande de grands travaux à Haussmann (1809-1891), chargé de réaménager la capitale ; il développe les systèmes bancaires.

ZOLA, TÉMOIN DE L'EFFONDREMENT DE L'EMPIRE

En mai 1869, Émile Zola se lance dans l'écriture du premier cycle des *Rougon-Macquart*, *La Fortune des Rougon*. Il est rapidement en mesure de fournir les premiers chapitres pour une publication en feuilleton dans le journal *Le Siècle*, mais la parution est retardée et ne commencera qu'à partir de juin 1870. Elle sera une nouvelle fois interrompue par la guerre franco-prussienne (1870-1871), qui fera tomber le Second Empire.

Le chancelier Bismarck (1815-1898) souhaite en effet achever l'unité de l'Allemagne. Pour y parvenir, il rassemble la totalité des États allemands, placés sous une direction prussienne, contre la France. Devant les menaces qui pèsent, l'empereur Napoléon est obligé de sortir de son silence et déclare la guerre le 19 juillet 1870. Mais les troupes françaises ne sont pas assez préparées, et les 270 000 hommes mobilisés ne font pas le poids face à l'armée prussienne qui compte pas moins de 400 000 hommes bien entraînés.

La France enchaîne les défaites, à Forbach tout d'abord où la bataille de solde par la perte de la Lorraine, à Froeschwiller-Woerth ensuite au cours de laquelle elle perd l'Alsace. Profondément affaibli, Napoléon III rend les armes le 2 septembre 1870 à la suite de la défaite de Sedan.

À l'annonce de cet échec, à Paris, la colère gronde et la foule manifeste en faveur de la République, qui est proclamée par Léon Gambetta (avocat et homme politique français, 1838-1882) le 4 septembre 1870. Le Gouvernement de la Défense nationale annonce aussitôt qu'il poursuivra la guerre. Dès le 18 septembre 1870, les armées prussiennes envahissent la capitale. La défense en est confiée au général Trochu (1815-1896), qui lève un bataillon de 270 hommes. De nombreux combats s'engagent, parfois victorieux, souvent meurtriers.

Paris est éreinté par le siège qui durera plus de cinq mois. La famine menace, et la ville est ravagée par les bombardements. Le 28 janvier 1871, Jules Favre (ministre des Affaires étrangères dans le Gouvernement de Défense nationale, 1809-1880) rencontre Bismarck pour signer l'armistice et la reddition de la ville. L'accord prévoit l'élection d'une Assemblée nationale qui nomme peu de temps après Adolphe Thiers (1797-1877) chef du pouvoir exécutif. Ce dernier décide de désarmer Paris où les protestations se font de plus en plus fortes. Le quartier de Montmartre résiste et parvient à gagner la foule à sa cause. Paris s'érige alors en Commune autonome et met en place un gouvernement qui lui est propre. Apprenant la nouvelle, Adolphe Thiers qui s'est retiré à Versailles lance ses troupes contre celles de la Commune : la répression est violente et impitoyable. En l'espace d'un peu plus d'un mois et demi, entre 20 000 et 30 000 Parisiens trouvent la mort dans les échauffourées ou sont exécutés.

La parution de la *Fortune des Rougon* est donc fortement perturbée par tous ces événements. Lorsque l'état de siège est proclamé le 7 août 1870, le journal *Le Siècle* doit interrompre la parution du roman. Elle ne reprendra qu'en mars 1871. La publication en volume connaît le même sort ; la première édition ne paraît qu'en octobre du fait de l'insurrection de la Commune. Le contexte n'est alors plus tout à fait favorable au récit. En effet, si au moment de l'écriture, la valeur protestataire pouvait trouver un écho favorable auprès du public, en 1871, la critique de l'Empire est un thème dépassé. De plus, à côté des horreurs que viennent de vivre les Français, les événements relatés par Zola paraissent assez insignifiants et n'intéressent pas le public. Le roman ne se vend pas.

LE CONTEXTE LITTÉRAIRE

Sur le plan littéraire, l'époque qui précède la parution de *La Fortune des Rougon* est au réalisme. Balzac est le principal représentant de ce courant littéraire, qui repose sur une représentation exacte du réel et de la nature. Dès 1869, il signe ce qui est communément considéré comme son premier roman historique réaliste, *Les Chouans*. Mais c'est avec *La Comédie humaine*, sa grande fresque qui rassemble plus de 90 romans, qu'il impose sa conception de la littérature, celle qui veut que le romancier soit guidé par un souci de vérité pour décrire le réel saisi à partir d'observations.

En cela, le réalisme ouvre déjà la voie au courant naturaliste et s'oppose au classicisme, qui se donnait pour idéal d'atteindre la beauté des œuvres antiques grâce à des règles esthétiques et morales strictes, à la sobriété du style et à l'imitation des anciens. Il se place également à contre-courant du romantisme qui, libéré des carcans du classicisme, souhaitait mettre en avant l'imagination, traiter de thèmes comme l'amour et le moi, en accordant une part importante au rêve, à l'ésotérisme parfois, et au mélange des genres.

ANALYSE DES PERSONNAGES

Arbre généalogique des Rougon-Macquart

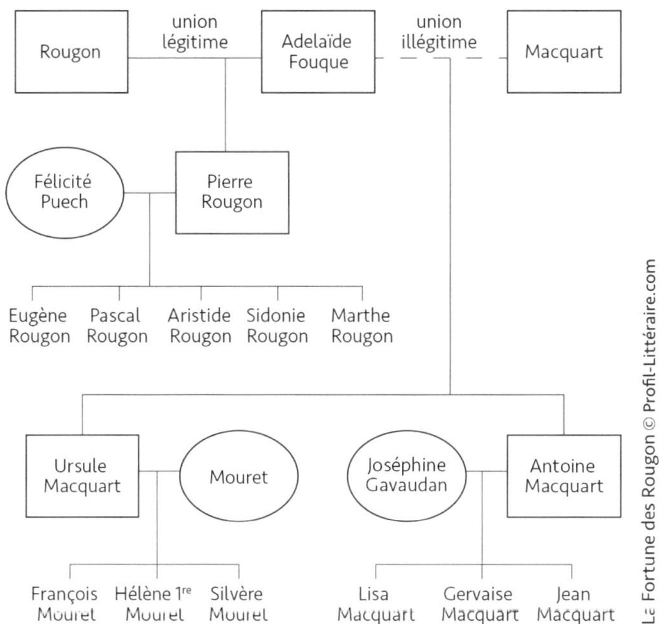

PREMIÈRE GÉNÉRATION

Adélaïde Fouque

Adélaïde Fouque est l'aïeule de la famille Rougon-Macquart. Elle en est le centre vital et représente le point de départ du cycle romanesque. Fille d'un maraîcher dont on apprend qu'il est mort fou quelques années avant la Révolution (1789), Adélaïde porte en elle la névrose originelle, la première « fêlure » héréditaire.

En 1786, elle épouse Rougon, un paysan mal dégrossi au service de la famille en tant que saisonnier. Il décède 15 mois après le mariage, laissant Adélaïde seule avec un enfant, Pierre. Dès 1789, elle prend pour amant Macquart, un contrebandier alcoolique et violent. Ensemble, ils ont deux enfants : Antoine et Ursule, élevés avec Pierre.

Par son allure et son physique, Adélaïde est considérée comme une folle par les habitants de Plassans. C'est un « manque d'équilibre entre le sang et les nerfs » (p. 70) qui la fait vivre de façon peu ordinaire et qui la rend étrange aux yeux des autres. Depuis la mort de Macquart, tué par un douanier, elle est en effet régulièrement prise de crises d'hystérie. Spoliée par son fils, elle se retire dans la masure léguée par son amant et vit avec la maigre pension concédée par Pierre. Terrifiée par sa solitude et par l'idée de mourir seule, elle recueille son petit-fils Silvère, devenu orphelin à l'âge de 6 ans. Un attachement sincère et profond lie les deux personnages. L'exécution du jeune homme, sous ses yeux, achèvera de la rendre folle.

Rougon

Originaire des Basses-Alpes, Rougon est un paysan au service des Fouque. Au décès du dernier homme de la famille, il demeure au service de la fille du défunt, Adélaïde, qu'il épousera peu après. Cette union surprend l'opinion. Rougon est en effet un homme peu instruit, sachant à peine parler français, alors qu'Adélaïde vient d'une famille plutôt aisée et aurait pu choisir un prétendant parmi les fils de cultivateurs aisés qui se présentaient à elle.

Douze mois après leur mariage, Adélaïde et Rougon ont un fils. Mais, trois mois plus tard, Rougon décède.

Macquart

Macquart devient l'amant d'Adélaïde un an après le décès de Rougon. Si le couple ne se marie pas, il aura toutefois deux enfants, Antoine et Ursule. Macquart est un homme fainéant avec une forte tendance à l'ivrognerie. Lorsqu'il est sobre, c'est un homme timide, presque sauvage. Braconnier et contrebandier, il effraie par son allure et son physique, à tel point qu'on le soupçonne du moindre crime qui a lieu à Plassans.

Macquart est tué par un douanier alors qu'il tentait de rentrer en France avec une cargaison de montres de Genève.

DEUXIÈME GÉNÉRATION

Pierre Rougon

Né en 1787, Pierre est le fils d'Adélaïde Fouque et de Rougon. Orphelin de père à trois mois, il est élevé avec son demi-frère Antoine et sa demi-sœur Ursule. Seul fils légitime, il considère cette position comme une marque de supériorité. Il profite des faiblesses de sa mère pour s'approprier la fortune familiale et manipule la vie d'Antoine et d'Ursule pour pouvoir s'en débarrasser et jouir seul des biens familiaux.

En 1810, il épouse Félicité Puech et s'associe avec son beau-père dans le commerce de l'huile. De cette union naissent cinq enfants : Eugène, Pascal, Aristide, Sidonie et Marthe.

En 1848, il ouvre son salon aux conservateurs. Opportuniste, il devient bonapartiste sur les directives de son fils, Eugène, après avoir été royaliste. Dans un simulacre de combat héroïque, il devient un héros à la fin du roman. Il s'apprête même à recevoir la Légion d'honneur et attend un poste de receveur particulier, promis par son fils.

Félicité Rougon

Née en 1791, Félicité, fille d'un marchand d'huile, épouse Pierre Rougon à l'âge de 19 ans. Tout comme lui, elle rêve de pouvoir et se promet de voir « un jour crever d'envie la ville entière par l'étalage d'un bonheur et d'un luxe insolents » (p. 83). Furieuse d'être tenue à l'écart des projets de son fils Eugène et de son mari, elle lit en secret les lettres qu'ils s'envoient. Renseignée du triomphe imminent des bonapartistes et faisant mine de ne rien savoir, elle manipule son mari pour mener la stratégie devant les conduire au pouvoir. C'est elle qui a l'idée du guet-apens : elle paie Macquart pour que lui et ses hommes reprennent la mairie alors aux mains de Pierre Rougon. Ce dernier, préparé à l'attaque, triomphe.

Ursule Macquart

Née en 1791, Ursule est la fille d'Adélaïde Fouque et de Macquart. Spoliée par son demi-frère Pierre, elle épouse Mouret à l'âge de 19 ans, ce qui lui permet d'échapper au domicile familial où Pierre lui fait mener la vie dure. Elle s'installe avec son mari à Marseille et a trois enfants : François, Hélène et Silvère.

De santé fragile, elle meurt en 1840 de phtisie.

Antoine Macquart

Deuxième fils d'Adélaïde Fouque, Antoine naît en 1789 de la liaison de celle-ci avec Macquart. Ayant hérité des nombreuses tares de son père, il a une forte tendance à l'ivrognerie et à la sournoiserie.

En 1809, il est tiré au sort et doit rejoindre l'armée du Premier Empire. Son demi-frère, Pierre, lui laisse croire qu'il rachètera sa place, mais il n'en est rien. Une fois son service terminé, il rentre à Plassans en 1815. Il découvre qu'il est ruiné et que Pierre s'est approprié la fortune familiale. Furieux, il devient un républicain activiste plus par volonté de vengeance que par conviction.

En 1826, il épouse Joséphine Gavaudan. Il est un mari et un père ivrogne et violent. Fainéant, il est entretenu par sa femme et par ses enfants. En 1850, il devient veuf, et ses trois enfants, Lisa, Gervaise et Jean, l'abandonnent.

Malgré sa volonté de nuire à Pierre et à Félicité, et alors qu'il se préparait activement à l'insurrection, convaincu de la victoire des républicains, il accepte de jouer un rôle dans le guet-apens imaginé par les Rougon et de livrer ses anciens camarades, en échange d'argent.

Joséphine Gavaudan

Marchande à la Halle, Joséphine est l'épouse d'Antoine Macquart avec lequel elle a trois enfants. Courageuse et travailleuse, elle entretient son mari fainéant, qui la bat et la vole. Elle a une tendance à l'alcoolisme et boit souvent avec sa fille, Gervaise.

Elle décède dans les premiers jours de 1850 d'une fluxion de poitrine.

TROISIÈME GÉNÉRATION

Eugène Rougon

Fils aîné de Pierre Rougon et de Félicité, Eugène est né en 1811. Il fait des études de droit et devient avocat à Paris. Il est dévoré d'ambition et méprise les classes inférieures.

Lorsqu'il revient quelques jours à Plassans, il en profite pour convertir son père aux idées bonapartistes. Il lui permet d'obtenir la Légion d'honneur et lui offre une place de receveur particulier.

Pascal Rougon

Fils de Pierre et de Félicité Rougon, Pascal naît en 1813. Sérieux, droit d'esprit et généreux, il est très différent du reste de sa famille. Il suit des études de médecine et choisit d'exercer à Plassans, où il prodigue des soins à bas prix. Il étudie l'hérédité et envoie ses recherches à l'Académie des sciences.

Il finit par se laisser convaincre de fréquenter le salon jaune de Pierre et de Félicité. Mais il ne semble pas adhérer à leurs opinions politiques. Il se joindra d'ailleurs aux insurgés pour soigner les blessés. C'est lui qui constate la mort de Miette. Il est également témoin de la mort de Silvère et de la crise de démence d'Adélaïde.

Aristide Rougon

Né en 1815, Aristide est le fils de Pierre et de Félicité. C'est un journaliste peu scrupuleux et plutôt oisif. En 1840, il entre à la Préfecture.

Journaliste en guerre contre les réactionnaires, il se convertit au bonapartisme le soir du coup d'État.

Silvère Mouret

Né en 1834, Silvère est le fils de Mouret et d'Ursule Macquart. Orphelin à 6 ans, il est conduit chez son oncle Pierre, mais ni lui ni sa femme ne veulent s'occuper du jeune garçon. Il est alors accueilli chez sa grand-mère Adélaïde, qu'il surnomme affectueusement tante Dide. Il veille sur elle et l'aide dans ses crises nerveuses.

Il quitte l'école à 12 ans et entre comme apprenti chez un maître charron. C'est un bon travailleur, mais ses ambitions sont plus élevées que ce que lui offre cette condition. Il découvre les textes de Rousseau qui font naître en lui des désirs de liberté et de justice, et adhère aux idées des républicains.

Il tombe amoureux de Miette, la fille d'un forçat nommé Chantegreil. Le 7 décembre, ils se joignent tous deux aux insurgés. Mais, alors qu'il veut désarmer le gendarme Rengade, il lui crève un œil. Après la mort de Miette, il est assassiné par ce dernier.

PERSONNAGE CONNEXE

Miette

Orpheline de mère au berceau, elle a 9 ans quand son père est envoyé au bagne pour avoir tué un gendarme. Elle est recueillie par sa tante Eulalie Rébufat. Celle-ci décède alors qu'elle est âgée de 11 ans. Miette reste seule et subit les mauvais traitements de son oncle et de son cousin, Justin.

Amoureuse de Silvère, elle le suit lorsqu'il se joint à la marche des révoltés. C'est elle qui porte le drapeau rouge. Sentant la mort approcher, elle partage pour la première fois une vraie étreinte avec Silvère, avant de succomber lors de la fusillade de Saint-Roure.

ANALYSE DES THÉMATIQUES

LE ROMAN DES ORIGINES

Dans la préface à *La Fortune des Rougon*, qu'il rédige en juillet 1871, Émile Zola écrit :

> « Cette œuvre, qui formera plusieurs épisodes, est donc, dans ma pensée, l'Histoire naturelle et sociale d'une famille sous le Second Empire. Et le premier épisode : *La Fortune des Rougon*, doit s'appeler de son titre scientifique : les Origines. » (p. 24)

Roman des origines, donc, qui prend place durant le Second Empire, puisque c'est sur le coup d'État du 2 décembre 1851 que débute l'intrigue politique. Le récit s'ouvre sur une description de l'aire Saint-Mittre, à Plassans, où l'on rencontre Silvère et Miette. Le jeune homme, armé d'un fusil, s'apprête à rejoindre la colonne des insurgés de la Palud et de Saint-Martin-de-Vaulx.

Comme il s'agit du premier volet de ce qui deviendra son œuvre principale, le roman constitue également l'origine de sa saga romanesque. Zola y définit son projet :

> « Je veux expliquer comment une famille [...] se comporte dans une société, en s'épanouissant pour donner naissance à dix, à vingt individus, qui paraissent, au premier coup d'œil, profondément dissemblables, mais que l'analyse montre intimement liés les uns aux autres. L'hérédité a ses lois, comme la pesanteur. » (p. 23)

L'auteur veut donc présenter une famille, divisée en deux branches opposées et souvent ennemies, et montrer à travers elle l'influence de l'hérédité, mais aussi des milieux et des alliances, sur les individus. Dans *La Fortune des Rougon*, l'auteur présente l'ancêtre de la famille et les deux générations suivantes. Il en restera deux à découvrir dans les tomes suivants. Dans la préface du huitième volume des *Rougon-Macquart*, *Une page d'amour* (1878), Zola insiste sur le fait qu'au moment de l'ébauche du premier volume le plan et la généalogie étaient déjà fixés :

> « Je regrette de n'avoir pas publié l'arbre dans le premier volume de la série, pour montrer tout de suite l'ensemble de mon plan. Si je tardais encore, on finirait par m'accuser de l'avoir fabriqué après coup. Il est grand temps d'établir qu'il a été dressé tel qu'il est en 1868, avant que j'eusse écrit une seule ligne ; et cela ressort clairement de la lecture du premier épisode, *La Fortune des Rougon*, où je ne pouvais poser les origines de la famille sans arrêter avant tout la filiation et les âges. »
> (*Une page d'amour*, préface, 2 avril 1878)

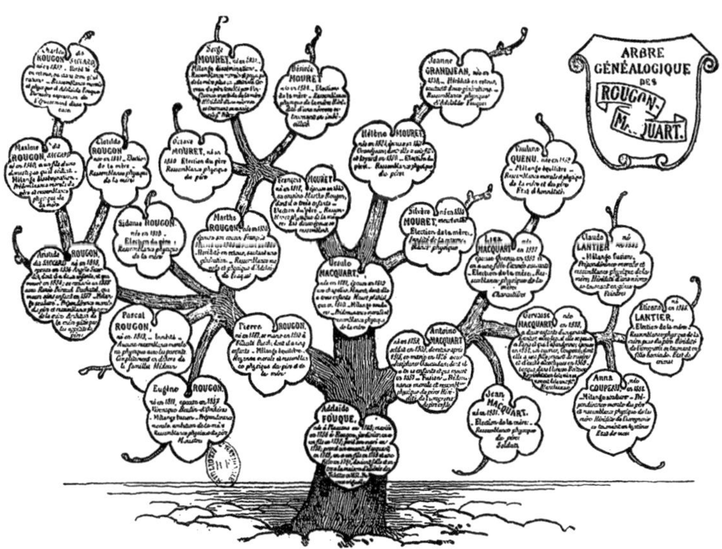

Arbre généalogique des Rougon-Macquart présenté dans *Une page d'amour*.

L'opposition entre les deux branches est établie dès le départ. La branche légitime, née du mariage d'Adélaïde et de Rougon, et la branche illégitime, née de la liaison de cette dernière avec Macquart, ont des caractéristiques bien distinctes. Pour les Rougon, Zola évoque « [l]es appétits de jouissance [...] qui [sont] comme la caractéristique de cette famille » (p. 91). Tandis que chez les Macquart, ce sont « [l']amour du vagabondage, [l]a tendance à l'ivrognerie [et les] emportements de brute » qui dominent (p. 73). Leurs inimitiés sont connues de tous : « Selon l'opinion commune, les Rougon-Macquart chassaient de race en se dévorant entre eux. » (p. 152)

En une phrase, Zola résume la polysémie du terme « origine » et révèle les liens à établir entre l'intrigue politique et familiale : « Comme il avait relevé la fortune des Bonaparte, le coup d'État fondait la fortune des Rougon » (p. 381).

LE COUP D'ÉTAT ET L'OPPORTUNISME POLITIQUE

Le roman présente un aspect historique et documentaire. L'action se déroule du 7 au 14 décembre 1851, et est marquée par la répression violente de l'opposition au coup d'État du 2 décembre mené par Louis-Napoléon Bonaparte.

Si Zola s'inspire d'événements historiques, il prend toutefois des libertés avec l'Histoire. Il fait par exemple situer l'intrigue dans une petite ville de Provence, Plassans, or on ne trouve pas dans cette région mention de cette ville. Il existe certes un Flassans dans le Var et un Flassan dans le Vaucluse, mais rien de tel en Provence. Très certainement influencé par son enfance passée à Aix-en-Provence, l'auteur décrit un lieu qui présente des caractéristiques communes avec celle-ci, comme la répartition des quartiers par classe sociale.

Mais on y trouve aussi beaucoup de la ville de Lorgues située dans le Var. Mais si cette dernière, alors royaliste et conservatrice, a bel et bien vu passer une colonne insurrectionnelle en décembre 1851, Lorgues n'a pas connu d'intrigue telle que décrite par Zola.

Les personnages, tout à fait fictifs, permettent à Zola de dénoncer l'hypocrisie et le cynisme des puissants. On trouve en effet dans ce roman de nombreuses figures opportunistes. Pierre Rougon et sa femme Félicité sont des ambitieux, dans tout ce que le terme comporte de négatif. Ce n'est pas sur leur travail qu'ils comptent pour assouvir leur soif de pouvoir, mais plutôt sur leurs relations et sur les manigances politiques. Ils doivent leurs succès aux conseils et directives, en premier lieu du marquis de Carnavant, qui invite Félicité à faire du salon jaune le lieu de rencontre d'un groupe de conservateurs opposés à la République, puis de leur fils Eugène qui est un agent de Louis-Napoléon Bonaparte, une position qui lui permet de les informer sur les événements et le triomphe prochain des bonapartistes. C'est uniquement grâce à ces conseils que tous se tournent vers le bonapartisme, non par conviction. Si Rougon donne l'impression de se laisser porter par les événements et les consignes de son fils, Félicité a, quant à elle, un vrai goût et un talent pour l'intrigue ; c'est d'ailleurs elle qui finira par mener la stratégie.

> « Il la sentait, d'ailleurs, plus intelligente que lui et supportait assez patiemment ses conseils. Félicité, plus utile que la mouche du coche, faisait parfois toute la besogne en bourdonnant aux oreilles de Pierre. » (p. 102)

Antoine Macquart est également une figure de l'opportunisme. Son engagement politique en faveur des républicains ne répond en effet qu'à un désir de vengeance contre son frère et son épouse. Plus sa rancœur est forte, plus son engagement est virulent. C'est ce qui l'incite à prendre la mairie, qui lui sera reprise par son frère. Zola développe ici un topos récurrent dans la littérature, celui des frères ennemis qui luttent pour le pouvoir.

Aristide Rougon n'a rien à envier à son père ni à son oncle. Fainéant, habitué à se laisser vivre, il n'a aucune conviction politique et se range du côté du parti aux pouvoirs (les démocrates). Lâche, il choisit de mener une guerre contre les réactionnaires à travers ses articles, espérant en être plus tard récompensé, et, lorsque les événements prendront un cours plus incertain, il simule une blessure à la main qui l'empêche d'écrire afin d'éviter tout engagement. Il finit par suivre les idées bonapartistes après le guet-apens organisé par ses parents.

MIETTE ET SILVÈRE, DEUX FIGURES DE L'INNOCENCE

Parallèlement à l'intrigue politique se dessine sous nos yeux une idylle qui permet à Zola de dévoiler une autre part de son talent d'auteur, plus lyrique, plus idéaliste. L'intrigue amoureuse apporte au récit une respiration souvent nécessaire dans la description des manigances politiques et de la violence des événements qui ont lieu. Cependant, ces deux actions sont liées. En les mettant en parallèle, Zola souhaite construire un système d'oppositions qui met en avant l'innocence de l'amour et de ces deux jeunes gens face aux jeux politiques et à l'opportunisme des autres personnages.

Silvère et Miette semblent destinés à se rencontrer et leurs points communs sont nombreux. Tous deux orphelins, ils sont élevés par des membres de leur famille. D'autres éléments se répètent au point de laisser penser qu'ils se répondent l'un à l'autre, par un jeu de miroir. Alors que le père de Miette est envoyé au bagne après avoir tué un gendarme, c'est un gendarme qui tue le grand-père de Silvère. Le même destin attend d'ailleurs le jeune garçon. Tous deux sont également enfants de braconniers. Leur grande ressemblance semble être à l'origine de leur amour.

Cet amour prend naissance alors qu'ils ne sont que des enfants, l'un étant âgé de 15 ans, l'autre de 11 ans, une juvénilité qui vient renforcer l'innocence et la pureté de leurs sentiments. Ils se découvrent d'une façon tout aussi innocente, puisque durant de longs mois, ils ne communiquent qu'à travers leurs reflets qu'ils observent dans l'eau du puits qui sépare leurs deux propriétés :

> « De chaque côté du mur, les margelles s'arrondissaient en un large demi-cercle. L'eau se trouvait à trois ou quatre mètres, au plus. Cette eau dormante reflétait les deux ouvertures du puits, deux demi-lunes que l'ombre de la muraille séparait d'une raie noire [...] L'eau dormante, ces glaces blanches où ils contemplaient leur image, donnaient à leurs entrevues un charme infini qui suffit longtemps à leur imagination joueuse d'enfants. » (p. 226-228)

La passion amoureuse et l'idéalisme politique tendent à se confondre. Lorsque Miette interroge Silvère pour savoir s'il l'aime autant que « sa » République, la réponse du jeune homme témoigne de cette confusion des sentiments : « Toi, tu es ma femme. Je t'ai donné tout mon cœur. J'aime la République, vois-tu, parce que je t'aime. » (p. 44) Miette devient ainsi le support des aspirations politiques et humanistes de Silvère :

> « Il la mêlait ainsi à ses songeries les plus creuses [...] il se plut surtout à s'enfermer avec elle dans les utopies humanitaires que de grands esprits, affolés par la chimère du bonheur universel, ont rêvées de nos jours. Miette, dans son esprit, devenait nécessaire à l'abolissement du paupérisme et au triomphe définitif de la révolution. » (p. 233)

Lorsque les deux jeunes amants quittent l'innocence de l'enfance et s'aiment comme des adultes, ils basculent dans un monde qui semble les refuser, dans lequel la seule issue possible est la mort, ce qu'ils pressentent tous deux dès le départ. Leur histoire d'amour est d'ailleurs liée à la mort, puisque c'est l'aire Saint-Mittre, l'ancien cimetière de la ville, qui sera le lieu de leur rencontre et du développement de leurs sentiments. En faisant s'ouvrir le roman des origines sur ce lieu si connoté symboliquement, Zola place la mort au centre de tout.

Les décès successifs de ces deux personnages sont la preuve tragique de la défaite de l'innocence face aux intrigues et aux manigances, mais également de la puissance du déterminisme.

LE DÉTERMINISME

Le déterminisme est une théorie philosophique selon laquelle les actions humaines et les phénomènes naturels sont soumis à des conditions extérieures. Elle suppose donc que l'enchaînement des événements ne dépend pas du hasard mais de nombreux éléments parmi lesquels le principe de causalité, le passé, l'hérédité, les lois physiques.

Le concept apparaît au XIXe siècle. Pierre-Simon de Laplace (astronome, physicien et mathématicien français, 1749-1827) définit le déterminisme dans son livre *Essai philosophique sur les probabilités* (1814) et invite le lecteur à « envisager l'état de l'Univers comme l'effet de son état antérieur et la cause de ce qui va suivre » (*Essai philosophique sur les probabilités*, Courcier, 1816). Zola s'est quant à lui beaucoup intéressé aux idées du philosophe et historien Hippolyte Taine qui affirme que le déterminisme est imposé « par la race, le moment et le milieu » (TAINE (Hippolyte-Adolphe), *Histoire de la littérature anglaise*, Paris, Hachette, 1866-1878).

LES LOIS DE L'HÉRÉDITÉ

Dès la préface du roman, Émile Zola place l'hérédité au centre de tout. C'est un sujet qui l'intéresse particulièrement, qui l'obsède même. Ce qui le fascine surtout, c'est la transmission des tares.

Il fait débuter son roman des origines par Adélaïde qui n'est certes pas la première de la famille, mais qui constitue tout de même un excellent point de départ puisque tous ses ancêtres et autres proches sont morts avant la Révolution. Elle n'est donc pas un début absolu, et Zola évoque certains de ses aïeux, comme son père, dont on apprend qu'il est mort fou.

Elle est la névrose originelle de la famille Rougon-Macquart, celle chez qui sont constatés les premiers dérèglements des nerfs et du sang. Elle répond aux critères de description de l'hystérie dont sont sujettes de nombreuses héroïnes chez Zola. Chacun de ses descendants sera marqué à des degrés divers par cette hérédité, sans que cela le conduise inévitablement à la folie. On retrouve ainsi dans le personnage de Silvère des marques de cette ascendance, qui en feront un jeune homme enthousiaste et idéaliste :

> « Il se trouvait prédisposé à l'amour de l'utopie par certaines influences héréditaires ; chez lui, les troubles nerveux de sa grand-mère tournaient à l'enthousiasme chronique, à des élans vers tout ce qui était grandiose et impossible. » (p. 233)

Pour autant, le personnage de Silvère n'échappe pas à son histoire familiale : tout comme son grand-père dont il porte le fusil, il est tué par un gendarme.

Si Adélaïde porte la « fêlure » originelle – ce dont elle a pleinement conscience lorsqu'elle s'écrie : « Malheureuse ! je n'ai fait que des loups… toute une famille, toute une portée de loups… » (p. 365) –, Zola n'oublie pas d'évoquer l'influence des alliances et du milieu social sur les êtres. En épousant Rougon, puis en prenant pour amant Macquart, Adélaïde a transgressé des interdits, et ce péché originel marquera sa descendance. Ainsi, à l'héritage génétique de Rougon viendra s'ajouter celui de Macquart, ce que l'on observe chez Antoine, qui tient de son père son ivrognerie et sa violence.

À la manière d'un chirurgien, Zola dissèque ses personnages, cherchant à déceler les influences de leurs aïeux, tant physiques que psychologiques :

> « Chez le fils [Eugène Rougon], la lourdeur du père était devenue de la gravité. Ce gros garçon avait d'ordinaire une attitude de sommeil puissant ; à certains gestes larges et fatigués, on eût dit un géant qui se détirait les membres en attendant l'action. Par un de ces prétendus caprices de la nature où la science commence à distinguer des lois, si la ressemblance physique de Pierre était complète chez Eugène, Félicité semblait avoir contribué à fournir la matière pensante. Eugène offrait le cas curieux de certaines qualités morales et intellectuelles de sa mère enfouies dans les chairs épaisses de son père. » (p. 90-91)

À côté de cela, on trouve dans le roman un personnage lui aussi convaincu de l'importance des effets de la transmission des gènes sur le comportement humain. Tout comme Zola, Pascal Rougon, qui se révèle d'ailleurs très différent du reste de la famille (« Rien au moral ni au physique ne rappelait les Rougon chez Pascal », p. 96), est passionné d'hérédité :

> « Depuis deux ou trois ans, il s'occupait du grand problème de l'hérédité, comparant les races animales à la race humaine, et il s'absorbait dans les curieux résultats qu'il obtenait. Les observations qu'il avait faites sur lui et sur sa famille avaient été comme le point de départ de ses études. » (p. 98)

Peut-on dès lors affirmer que Zola s'est lui-même représenté dans le roman ? Peut-être. Les deux hommes partageant en effet un projet commun : étudier les effets de l'hérédité en prenant comme sujet d'étude la famille des Rougon.

STYLE DE L'AUTEUR

UNE ÉCRITURE NATURALISTE

Chef de file du naturalisme, Zola est guidé dans l'écriture de son roman par sa vision de la littérature et du rôle qu'il accorde à l'écrivain. Puisque le romancier naturaliste doit être un observateur – c'est-à-dire celui qui constate, décrit et pose les faits tels qu'il les voit – et un expérimentateur – soit celui qui recherche la vérité –, il lui est indispensable de se documenter au préalable. Chaque nouveau projet d'écriture suit ainsi le même processus de création :

> « [D']abord je me renseigne par moi-même, par ce que j'ai vu et entendu ; ensuite, je me renseigne par les documents écrits, les livres sur la matière, les notes que me donnent mes amis ; et enfin l'imagination, l'intuition plutôt, fait le reste. » (extrait d'une lettre adressée à Jules Héricourt, en juin 1890)

Sa prise de notes méticuleuse et ses recherches lui permettent de réaliser de longues descriptions d'une précision saisissante. Zola a notamment étudié l'hystérie et la folie en lisant des ouvrages comme le *Traité des dégénérescences physiques, intellectuelles et morales de l'espèce humaine* (1857), *La folie lucide de Trélat* (1861) et *La physiologie des passions* de Letourneau (1868). Ses recherches lui permettent de décrire avec beaucoup de précision et de réalisme les crises nerveuses de tante Dide :

> « Le soir, tante Dide eut une des crises nerveuses qui la secouaient encore de loin en loin. Pendant ces attaques, elle parlait souvent à voix haute, sans suite, comme dans un cauchemar. [...] Et elle se débattait, elle demandait grâce, elle rêvait de vengeance. Quand la crise toucha à sa fin, elle eut, comme il arrivait toujours, une épouvante singulière, un frisson d'effroi qui faisait claquer ses dents. Elle se soulevait à moitié,

> elle regardait avec un étonnement hagard dans les coins de la pièce,
> puis se laissait retomber sur l'oreiller en poussant de longs soupirs.
> Sans doute elle était prise d'hallucination. [...] Elle retombait dans son
> état de catalepsie [...]. » (p. 238-239)

Son utilisation du style indirect participe à ce projet de neutralité, central dans le naturalisme. En effet, comme le rappelle Zola dans *Le Roman expérimental*, le romancier n'est qu'un « greffier qui se défend de juger et de conclure [...] Il disparaît [et] garde pour lui son émotion, il expose simplement ce qu'il a vu » (cité dans BECKER (Colette), *Zola : le saut dans les étoiles*, p. 263).

À la manière d'un savant, Zola observe, étudie, et fait des expériences sur ses personnages afin d'étudier les effets de l'hérédité et l'importance des déterminismes biologique et social. Cette recherche d'objectivité a pour effet de donner à son style un aspect très scientifique, proche du registre médical. Les descriptions morales et physiques de ses personnages apparaissent telles qu'elles pourraient l'être dans les mémoires envoyés par le Dr Pascal Rougon à l'Académie des sciences de Paris :

> « [Aristide] avait le visage de sa mère et des avidités, un caractère
> sournois, apte aux intrigues vulgaires, où les instincts de son père
> dominaient. La nature a souvent des besoins de symétrie. » (p. 92)

L'écriture naturaliste, qui invite à l'étude de la généalogie et des milieux pour accéder au plus près de la vérité, pousse Zola à déconstruire la linéarité de son récit. Ainsi, le roman s'articule autour de nombreux flash-back. On peut discerner trois chronologies qui s'entrecroisent : le temps du récit (qui se déroule du 7 au 14 décembre 1851), les analepses temporelles qui renvoient à la naissance de l'intrigue sentimentale entre Silvère et Miette, et enfin celles qui renvoient à l'origine d'une famille et qui permet de saisir les enjeux de la lutte qui oppose les deux demi-frères, Pierre et Antoine.

Son style est dépouillé de tout artifice, quitte à bousculer la langue et à se détacher du beau. Cela lui vaudra de vives critiques, et nombreux sont ceux qui lui reprochent son style « putride » (Ulbach (Louis), in *Le Figaro*, 23 janvier 1868), « nauséabond » (Calvet (Jean), *Petite histoire illustrée de la littérature française*, 1936).

La Fortune des Rougon, en mêlant différents genres et différentes intrigues, témoigne pourtant du talent d'écrivain de Zola, qui excelle dans la description lyrique de l'amour naissant entre Silvère et Miette, mais aussi dans les descriptions épiques des événements politico-historiques.

UNE GRANDE PLACE ACCORDÉE AU LYRISME ET AU SYMBOLISME

Le roman s'ouvre sur un chapitre dédié aux deux jeunes héros, Silvère et Miette, qui s'aiment depuis leur plus jeune âge d'un amour innocent. C'est dans les épisodes qui les mettent en scène que le lyrisme transparaît le plus. Leur jeunesse et leur innocence donnent à chacun de leurs gestes une grande tendresse : « Ils n'échangèrent pas de baisers, rien qu'une étreinte où l'amour avait l'innocence attendrie d'une tendresse fraternelle » (p. 36). Cette affection innocente se brise toutefois pour laisser place à la passion dans la scène de la longue étreinte, peu avant la mort de Miette : « Mais, au fond de ces amours naïves, grondaient, plus hautement, chaque jour, les tempêtes du sang ardent de Miette et de Silvère. Avec l'âge, avec la science, une passion chaude, d'une fougue méridionale, devait naître de cette idylle. » (p. 210)

Symbole de pureté, l'eau joue un rôle très important dans leur histoire. Leurs premières rencontres ont en effet lieu autour du puits mitoyen de leurs deux logis, dans lequel ils s'observent grâce à leurs reflets dans l'eau. L'eau renvoie également au thème de l'origine et de la naissance ; c'est d'elle que naît la vie. Mais elle est aussi liée à l'éveil de la féminité et de la sensualité. Lorsque Miette exprime à Silvère ses envies de baignade, il craint ce nouveau jeu : « [I]l se demandait comment ils se déshabilleraient, et de quelle façon il s'y prendrait pour tenir Miette sur l'eau, dans ses bras nus. » (p. 250) Mais leur innocence triomphe une fois encore : « La partie fut toute naïve. [...] Et les scrupules, les hontes inavouées, les pudeurs secrètes, furent oubliés. » (p. 251)

C'est que l'œuvre de Zola fourmille de symboles qui servent son intrigue et qui dévoilent des éléments sans les dire tout à fait :

> « Qui donc abusa jamais plus que moi du symbole ? Mes livres sont des labyrinthes où vous trouveriez, en y regardant de près, des vestibules et des sanctuaires, des lieux ouverts, des lieux secrets, des corridors sombres, des salles éclairées. » (Speirs (Dorothy E.) et Signori (Dolorès A.), *Entretiens avec Zola*, Ottawa, Les presses de l'Université d'Ottawa, 1990, p. 140)

Ainsi, ces connotations positives liées à la présence de l'eau viennent s'opposer à des connotations terribles, voire morbides, également exprimées à l'aide de l'élément liquide. La Viorne, une petite rivière, est souvent décrite à travers un champ lexical qui relève de la menace et de la violence : « Au loin, la voix sourde de la Viorne mettait seule un frisson dans l'immense paix de la campagne » (p. 42) ; « La Viorne, d'ailleurs, couvrait de son grondement ces bruits encore indistincts. Mais peu à peu ils s'accentuèrent, ils devinrent pareils aux piétine-ments d'une armée en marche » (p. 50) ; « seule la Viorne paraissait gronder d'une voix plus haute » (p. 61).

En outre, les personnages de Silvère et Miette sont liés au champ lexi-cal de la nature. Zola n'hésite pas à y recourir pour décrire certaines parties du physique des jeunes amants : « Ils [les cheveux de Miette] se rejetaient puissamment en arrière, ainsi qu'une vague jaillissante, puis coulaient le long de son crâne et de sa nuque, pareils à une mer crépue, pleine de bouillonnements et de caprices, d'un noir d'encre. » (p. 37) ; « Silvère, de peau brune, apparut dans la nuit comme le tronc assombri d'un jeune chêne, tandis que les jambes et les bras de la jeune fille, nus et arrondis, ressemblaient aux tiges laiteuses des bouleaux de la rive » (p. 251). Les deux jeunes gens sont aussi purs et vrais que la nature. Ils ne se rendent coupables d'aucune manigance, contrairement à la plupart des personnages du roman.

Plus proche de la nature que des hommes, Miette et Silvère sont, comme des éléments naturels, particulièrement sensibles au rythme des saisons :

> « Les amoureux purent se croire en mai, au mois des frissons de la sève, lorsqu'une bonne odeur de terre et de feuilles nouvelles traîne dans l'air chaud. Ce renouveau, ce printemps tardif fut pour eux comme une grâce du ciel, qui leur permit de courir librement dans l'allée et d'y resserrer leur amitié d'un lien étroit. Puis arrivèrent les pluies, les neiges, les gelées. Ces mauvaises humeurs de l'hiver ne les retinrent pas. [...] Enfin les beaux jours revinrent, avril amena des nuits douces, l'herbe de l'allée verte grandit follement. Dans ce flot de vie coulant du ciel et montant du sol, au milieu des ivresses de la jeune saison, parfois les amoureux regrettèrent leur solitude d'hiver, les soirs de pluie, les nuits glacées, pendant lesquels ils étaient si perdus, si loin de tous bruits humains. » (p. 245)

C'est à travers des descriptions d'une nature accueillante, vivante et généreuse que s'exprime l'exaltation des sentiments, propre au registre lyrique.

Les scènes dans lesquelles apparaissent Silvère et Miette se distinguent nettement du reste du roman Si la politique se mêle à leur idylle, c'est toujours dans l'exaltation. Silvère est un républicain idéaliste et enthousiaste. Zola montre dans ces passages un nouveau registre de son talent d'auteur. Il excelle dans l'art de décrire les sentiments amoureux, à travers l'évocation d'une nature harmonieuse, la description de l'amour naïf naissant qui conduit à la passion.

UNE DESCRIPTION ÉPIQUE ET UNE PARODIE D'ÉPOPÉE

À côté du lyrisme et du symbolisme qu'il développe dans les passages ayant trait à l'idylle de Miette et de Silvère, Émile Zola dévoile également un style épique, visible tout d'abord dans sa description de l'arrivée de la colonne des révolutionnaires, dans laquelle il s'appuie sur de nombreux champs lexicaux et des métaphores pour faire de cette scène une épopée.

Avant l'arrivée des insurgés, le calme règne. Silvère et Miette sont les seuls personnages présents, l'instant est au lyrisme. Mais déjà on entend au loin le cortège qui s'approche. La nature elle-même, qui jusqu'à présent s'accordait au tempo lent et paisible des amoureux, est secouée par cette arrivée violente qui « troubl[e] déjà de son approche l'air endormi » (p. 50).

C'est une masse compacte, marchant d'un même pas, qui vient troubler le calme, mais qui suscite l'admiration de Silvère, épris de justice et de liberté. Dans cette première description, aucune individualité ne se détache. Il s'agit davantage d'une « masse noire », de « flots vivants » (p. 50), d'une « longue coulée grouillante et mugissante » (p. 51), d'une « masse compacte, solide, d'une puissance invincible » (p. 52). Ce n'est que lorsqu'ils se rapprochent et que leur nombre se précise que Zola évoque des individus : « Il pouvait y avoir là environ trois mille hommes unis et emportés d'un bloc par un vent de colère. » (p. 52)

Comme le montre cette dernière citation, Zola utilise des images qui renvoient à la météorologie, au climat, aux intempéries notamment, pour montrer toute la puissance et la violence qui anime cette armée, évoquant ainsi « d'étranges souffles d'ouragan cadencés et rythmiques », « les coups de foudre d'un orage » (p. 50), « cette tempête humaine » (p. 51). Les images sont si fortes qu'elles conduisent à voir cette foule de milliers d'hommes comme un monstre gigantesque. Les insurgés sont déshumanisés et rendus menaçants : ils deviennent « des bouches géantes », « cette longue coulée grouillante et mugissante, monstrueusement indistincte dans l'ombre » (p. 51).

Mais la violence dont ils font preuve n'est pas aveugle. Les rebelles souhaitent défendre les valeurs, de la République : ils sont animés d'« une furie vengeresse » (p. 50), ils « cri[ent] vengeance et liberté » (p. 51). Pour rendre cette vigueur, Zola recourt à la description en focalisation interne. Vue à travers les yeux de Silvère, par le biais de son idéalisme et de sa ferveur, la colonne insurrectionnelle est décrite avec des termes laudatifs : « un élan superbe, irrésistible », « terriblement grandiose » (p. 50).

Le champ lexical de la musique est également très présent. C'est en chantant *La Marseillaise* que la troupe s'avance. Zola évoque à ce sujet « la grande voix de cette tempête humaine », « des sécheresses de cuivre ». La nature se joint à l'orchestre et frissonne « ainsi qu'un tambour que frappent les baguettes […] répétant par tous ses échos les notes ardentes du chant national » (p. 51).

Derrière la description de cette masse compacte, c'est le peuple qui s'avance :

> « Alors ce ne fut plus seulement la bande qui chanta ; des bouts de l'horizon, des rochers lointains, des pièces de terre labourées, des prairies, des bouquets d'arbres, des moindres broussailles, semblèrent sortir

des voix humaines ; le large amphithéâtre qui monte de la rivière à
Plassans, la cascade gigantesque sur laquelle coulaient les bleuâtres
clartés de la lune, étaient comme couverts par un peuple invisible et
innombrable acclamant les insurgés ; [...] il n'y avait pas un trou de
ténèbres où des hommes cachés ne parussent reprendre chaque refrain
avec une colère plus haute. » (p. 51)

On perçoit encore le style épique dans la scène de la prise de la mairie
par Rougon et ses hommes. Zola s'amuse ici dans l'utilisation de
certains codes propres aux épopées en les surmontant d'une ironie
cruelle. Cette moquerie et ce mépris, on les perçoit lorsque l'auteur
compare Rougon à « un vieux Romain sacrifiant sa famille sur l'autel
de la patrie » (p. 282). Il n'y a en effet rien d'héroïque dans ce combat
qui n'en est pas un. Le lecteur est tout d'abord frappé par sa rapidité.
Les « ennemis » se rendent en un temps record puisque la bataille ne
dure que vingt lignes. Aucun des participants ne semble comprendre
ce qu'il fait là, et tous agissent avec un grand amateurisme : « bran-
dissant leurs fusils comme des bâtons », ils ne « lutt[ent] [qu']un
instant » et sont « embarrassés par leurs fusils, qui ne leur serv[ent]
à rien » (p. 280). La victoire est obtenue par le seul fait du hasard :
le coup de fusil de Rougon qui met fin au combat est « part[i] tout
seul » (p. 280). Des hommes venus avec Rougon y répondent en
déchargeant leurs armes en l'air « sans bien savoir ce qu'ils faisaient »
(p. 281). La scène est un chaos, les combattants sont rendus sourds
et aveugles par les détonations et la fumée.

LA RÉCEPTION DE
LA FORTUNE DES ROUGON

LA CRITIQUE DES CONTEMPORAINS

La publication du roman, initialement en feuilleton dans le journal *Le Siècle* puis en volume dès 1871, a été largement contrariée par les événements historiques. À cette époque, ce sont justement les récits de combat qui attirent les lecteurs. Lorsque *La Fortune des Rougon* paraît en volume, son thème est dépassé, le contexte historique a évolué. À sa sortie, le livre ne rencontre donc pas le succès. Pourtant, Zola a anticipé les critiques et a pris soin, dans sa préface datée du 1er juillet 1871, d'avertir les lecteurs du décalage qu'il existe entre l'achèvement de l'écriture de ce premier épisode des *Rougon-Macquart* et sa parution :

> « Depuis trois années, je rassemblais les documents de ce grand ouvrage, et le présent volume était même écrit, lorsque la chute des Bonaparte, dont j'avais besoin comme artiste, et que toujours je trouvais fatalement au bout du drame, sans oser l'espérer si prochaine, est venue me donner le dénouement terrible et nécessaire de mon œuvre. Celle-ci est, dès aujourd'hui, complète ; elle s'agite dans un cercle fini ; elle devient le tableau d'un règne mort, d'une étrange époque de folie et de honte. » (p. 24)

Il faut attendre la troisième édition en 1872, alors que Charpentier (1846-1905) devient l'éditeur de Zola, à la suite de Lacroix (1834-1903), pour que le roman connaisse une seconde vie. Les ventes sont alors meilleures. Mais l'auteur est encore peu connu du grand public. C'est la parution du septième roman des *Rougon-Macquart*, *L'Assommoir*, qui le rendra célèbre. Dès sa première parution, le roman atteint des ventes considérables. Même s'il fait scandale dans les milieux de la critique littéraire parisienne, il fait connaître Zola et le naturalisme. Ce succès permet de rééditer *La Fortune des Rougon* ainsi que les cinq autres romans du cycle.

En 1885, lors de la parution de *Germinal*, le tirage de *La Fortune des Rougon* atteignait les 20 000 exemplaires. Malgré ce volume important, ce livre figurait, du vivant de l'auteur, parmi les plus faibles ventes du cycle. Dix-sept ans plus tard, à la mort de Zola, il atteignait les 35 000 exemplaires. Bien des années plus tard, en 1960, la publication des *Rougon-Macquart* en format poche permet de relancer les ventes. Même s'il demeure loin derrière les meilleures ventes, le premier épisode du cycle intéressera de plus en plus de critiques et fera l'objet de nombreuses études et analyses.

LA CRITIQUE MODERNE

Un auteur boudé par le système éducatif

Auteur populaire, Émile Zola a du mal à s'imposer dans les programmes scolaires. Durant les années trente, lorsqu'il est cité, c'est en des termes peu élogieux :

> « Commis de librairie, sans culture et sans goût, Zola est poussé par sa prodigieuse imagination et par sa soif d'arriver coûte que coûte. [...] il prétendait écrire des romans scientifiques, s'imaginant naïvement que la réalité obéissait à ses formules [...] Zola ne sait pas écrire ; sa langue est lourde, grossière, souvent impropre ; mais il a le sens des foules et il en donne l'impression par l'entassement et le mouvement. » (CALVET (Jean), *Petite histoire illustrée de la littérature française*, p. 218)

Même lorsque son talent est reconnu, son style fait encore polémique :

> « Dans ses meilleurs romans : *L'Assommoir* (1877), *Germinal* (1885), Zola est un artiste d'un talent vigoureux et brutal. S'il n'avait, comme Rabelais, "semé l'ordure dans ses écrits", on serait plus à l'aise pour

> louer la poésie vraiment saisissante en son robuste épanouissement, qui anime telle page de son œuvre. Ce naturaliste a des visions de romantique. » (DES GRANGES (Charles-Marc), *Histoire illustrée de la littérature française des origines à 1930*, Paris, Hatier, 1933, p. 892)

Pendant de nombreuses années, Zola ne passionnera plus le public. Après les deux guerres, les sujets qu'il traite paraissent démodés, tout comme son attrait pour l'hérédité et le déterminisme. C'est qu'entre-temps, de nouveaux courants littéraires ont remplacé le naturalisme. Le symbolisme, le surréalisme et l'existentialisme ne laissent plus aucune place aux théories naturalistes. Dans les années cinquante, les intellectuels lui reprochent son style peu soigné et sa posture de prolétaire défenseur du peuple.

Une nouvelle vie pour l'œuvre de Zola

À partir des années soixante, on assiste à un regain d'intérêt pour l'œuvre zolienne, comme en témoigne la parution de biographies sur l'auteur, de thèses et d'études sur ses romans et son cycle des *Rougon-Macquart*. Le travail préparatoire réalisé par Zola est d'ailleurs publié dans un ouvrage intitulé *Carnets d'enquête* en 1991.

D'autres événements viennent témoigner de la réhabilitation de Zola et de son œuvre :

- en 1952, une exposition lui est consacrée à la Bibliothèque nationale de France à l'occasion du 50e anniversaire de sa mort ;
- en 1954, il rentre au programme de l'agrégation avec *Germinal* ;
- en 1960, les *Rougon-Macquart* entrent dans la Pléiade.

En 2015, il est même classé troisième dans le classement des grands écrivains nationaux dans un sondage publié par *Le Magazine littéraire*, signe d'un véritable renouveau pour Zola dont le talent n'est désormais plus contesté.

Votre avis nous intéresse !

Laissez un commentaire sur le site de votre librairie en ligne
et partagez vos coups de cœur sur les réseaux sociaux !

BIBLIOGRAPHIE

SOURCES BIBLIOGRAPHIQUES

- Barbey d'Aurevilly (Jules Amédée), *Le Roman contemporain*, Paris, Lemerre, 1902, 285 p.
- Becker (Colette), *Zola : le saut dans les étoiles*, Paris, Presses de la Sorbonne nouvelle, 2002, 341 p.
- Calvet (Jean), *Petite histoire illustrée de la littérature française*, Paris, J. de Gigord, 1936, 807 p.
- Des Granges (Charles-Marc), *Histoire illustrée de la littérature française des origines à 1930*, Paris, Hatier, 1933, 915 p.
- France (Anatole), « Éloge funèbre d'Émile Zola », in *Wikisource*, consulté le 17 mars 2016.
  https://fr.wikisource.org/wiki/%C3%89loge_fun%C3%A8bre_d%E2%80%99%C3%89mile_Zola
- Lepelletier (Edmond), *Émile Zola, sa vie, son œuvre*, La Fortune des Rougon, Paris, Mercure de France, 1908, 492 p.
- Speirs (Dorothy E.) et Signori (Dolorès A.), *Entretiens avec Zola*, Ottawa, Les presses de l'Université d'Ottawa, 1990, 220 p.
- Zola (Émile), *Du roman*, nouvelle édition augmentée, Saint-Julien-en-Genevois, Arvensa Éditions, 2014.
- Zola (Émile), *La Fortune des Rougon*, préface de Maurice Agulhon ; édition établie et annotée par Henri Mitterand, Paris, Gallimard, coll. « Folio classique », 1981, 480 p.
- Zola (Émile), *La Fortune des Rougon*, préface, commentaires et notes d'Auguste Dezalay, Paris, Fasquelle/Le livre de poche, 1985, 379 p.
- Zola (Émile), *Le roman expérimental*, Paris, Saint-Julien-en-Genevois, Arvensa Éditions, 2014 (édition électronique).
- Zola (Émile), *Les Rougon-Macquart*, tome I, Paris, Pléiade, 1960, 1808 p.

SOURCES COMPLÉMENTAIRES

- ALEXIS (Paul), *Émile Zola : notes d'un ami*, Paris, Charpentier, 1882, 338 p.
- BECKER (Colette), GOURDIN-SERVENIÈRE (Gina) et LAVIELLE (Véronique*)*, *Dictionnaire d'Émile Zola. Sa vie, son œuvre, son époque. Suivi du Dictionnaire des* Rougon-Macquart, Paris, Robert Laffont, 1993, 720 p.
- BELGRAND (Anne), « Le couple Silvère – Miette dans *La Fortune des Rougon* », in *Romantisme*, 1988, vol. 18, n° 62.
- BIASI (Pierre-Marc de), « Les figures du pouvoir dans *La Fortune des Rougon* d'Émile Zola », in *Pierre-Marc Debiasi*, consulté le 5 janvier 2016.
  http://www.pierre-marc-debiasi.com/litterature/actus.php
- MITTERAND (Henri*)*, *Zola et le naturalisme*, Paris, PUF, coll. « Que sais-je ? », 1986, 127 p.
- PAGES (Alain), « Émile Zola : Bilan critique », in *Item*, consulté le 5 janvier 2016.
  http://www.item.ens.fr/index.php?id=187040
- VAN TOOREN (Marjolein), *Le Premier Zola : Naturalisme et manipulation dans les positions stratégiques des récits brefs d'Émile Zola*, Amsterdam, Rodopi, 1998, 509 p.

SOURCES ICONOGRAPHIQUES

- Photo d'Émile Zola prise par Nadar. La photo reproduite est réputée libre de droits.
- Anatole France aux obsèques de Zola. La photo reproduite est réputée libre de droits.
- *Alphonse Baudin* [député de l'Assemblée, 1811-1851] *sur la barricade du faubourg Saint-Antoine*, le 3 décembre 1851, tableau d'Ernest Pichio. La photo reproduite est réputée libre de droits.

- Proclamation du Second Empire dans la cour des Tuileries par le ministre de la Guerre. La photo reproduite est réputée libre de droits.
- Arbre généalogique des Rougon-Macquart présenté dans *Une page d'amour*. La photo reproduite est réputée libre de droits.

Éditeur responsable : Lemaitre Publishing
Avenue de la Couronne 382 | B-1050 Bruxelles
info@lemaitre-editions.com

ISBN ebook : 978-2-8062-6905-8
ISBN papier : 978-2-8062-6906-5
Dépôt légal : D/2016/12603/130
Couverture : © Lisiane Detaille.